KB052982

삼류극장에서 2046

시선;들 01

삼류극장에서 2046

초판 발행 ㅣ 2022년 7월 30일

지은이 ㅣ 백학기
펴낸이 ㅣ 주정관
펴낸곳 ㅣ 북스토리㈜
출판등록 ㅣ 1999년 8월 18일(제22-1610호)
주소 ㅣ 서울특별시 마포구 양화로 7길 6-16
　　　　서교제일빌딩 201호
전화 ㅣ 02-332-5281
팩스 ㅣ 02-332-5283
이메일 ㅣ bookstory@naver.com
홈페이지 ㅣ www.ebookstory.co.kr

ISBN ㅣ 979-11-5564-270-2 04810
　　　　979-11-5564-269-6 (세트)

시선;들 01

백학기 시선집

[삼류극장에서 2046]

북스토리

백학기

1981년 〈현대문학〉 추천과 〈한국문학〉 신인상으로 문단에 나왔다. 첫 시집 『나는 조국으로 가야겠다』를 비롯 3권의 시집과 시전집 『가슴에 남아 있는 미처 하지 못한 말』을 펴냈다.

영화계에 몸을 담아 배우와 감독으로 일하면서 시나리오를 썼으며 〈여배우는 소리 내어 울지 않는다〉〈공중의자〉〈이화중선 撮影〉 등을 제작, 연출했다.

현재 서울디지털대학(SDU) 교수로 재직하는 한편, 영화문화발전위원회 위원장과 한국청소년영화제 위원장 등을 맡고 있다.

시인의 말

시전집 『가슴에 남아 있는 미처 하지 못한 말』(2015) 이후 시선집 『삼류극장에서 2046』을 펴낸다.

이번 시선집은 1981년 문단 데뷔 후 펴낸 첫 시집 『나는 조국으로 가야겠다』(1985, 문학과지성사 45)에서부터 두 번째 시집 『나무들은 국경의 말뚝을 꿈꾼다』(1991, 청하시선 73), 세 번째 시집 『많은 날들이 지나갔다』(2002, 새로운눈)에서 스스로 대표작이라 여겨지는 시편들을 자선해 역순으로 묶었다. 덧붙여 맨 앞쪽으로는 최근작 몇 편과 「흰 소」 연작 그리고 젊은 날 시상들을 엮은 단가 형식의 「서정시를 쓰기 힘든 시대」를 넣었다.

이 지상에서 절판돼 광야에 떠도는 시편들을 생각하며 40여 성상이 지난 세월의 시들을 읽어보니 내 이마 위에 맺혔던 시의 정령들이 슬프기도 하다.

시집 제목은 데뷔작 「삼류극장에서 닥터 지바고를」과 최근작 「2046 일기」에서 '삼류극장'과 '2046'을 각각 따와 붙여보았다. 나름대로 내 시적 이력의 궤적을 상징적으로 잘 표현한 듯해 정한 것이다.

무릇 시는 이 세상의 유정무정한 것들에 대해 새벽 첫 닭이 우는 소리로 다가가야 하리라고 깨닫는다.

2022년 6월

차례

제2부

제3부

제 1 부

어느덧

나는 어느덧이란 말이 좋다.

어느덧

그대가 알지 못하는 동안에

그대가 알지 못하는 사이에

어느덧
어느덧

어느덧에는 바람소리가 들어 있다.

바람 냄새가 들어와 머문다

그대가 돌아보지 않고

그대가 서성이지 않고

가는 발걸음에 바람이 뒤따라간다

어느덧
어느덧

바람이 그대 보다 먼저 간다.

2046 일기

春光映畫

出品 PARADIS FILMS (FRANCE)

ORLY FILMS (FRANCE)

CLASSIC SRL (ITALY)

上海電影集團有限公司

聯合出品 澤東電影有限公司

製作

主演 梁朝偉　鞏俐

王菲

木村拓哉

章子怡

劉嘉玲

張震

特別出演 張曼玉

導演 王家衛

영화 〈2046〉은 2004년에 개봉된 홍콩의 왕가위 감
독의 영화.
그의 전작인 〈화양연화〉와 〈아비정전〉의 속편이다
동방호텔 2046호 옆 2047호에 투숙한 작가가
그곳에서
만나게 되는 여인들을 보며
환상에 가득한 소설을 쓴다는 내용이다. ―위키백과

내가 그해 시를 버리고 영화귀신이 되고자 했던
1999년, 왕가위 감독은 이 영화 촬영을 준비했고,
2001년에 양조위 왕페이 장만옥과 일본배우 기무라
타쿠야 등을 캐스팅을 했으나

촬영 중단과 속개가 거듭됐다.

영화 후반부에 이런 대사가 나온다.
'우리가 다른 시간, 다른 장소에서 만났다면
우리의 인연도 달라졌을까'

내 인생의 금언이다.
이상.

백야

– 어느 날 꿈속에서 초경의 소녀가 내게 물었다

무슨 영화 만든 감독이세요?

체어. 의자.

녹색의자?

아니. 체어. 의자.

그리도 또?

공중의자

공중의자?

공중그네는 들어봤는데,

(어린 날 야외에 세워진 공중그네에서 치맛자락

펄럭이며 공중으로 솟아오른 여자 애들이

어느날 초경을 앓고 사춘기의 편지들을 쓰다가

밤하늘의 별똥별을 보고 소리죽여 울던 그 울음들은

어디로 갔을까)

의자는 감독님께 무슨 의미죠?

걍 쉬고 싶다는 뜻이지.

영혼까지도.

그렇구나.

이제 또 영화를 찍나요?

〈이화중선 撮影〉을 찍고 있어

무슨 영화?

슬픈 영화야

왜?

이제 시를 다시 써볼 건가요?

오!
나비의 시간과
바위의 시간이 다르듯
의자
의자의 시간,
의자 위를 지나가는
시간들에 대해
영화를 찍어볼까 해

봐봐.

의자들이
의자들이
의자들이

의자들이.

백야에
백야에,

(소녀가 백야를 바라봤다)

홍매

지리산 화엄사 홍매 보러 갔더니
아직 때 이른 홍매는 치맛자락 잡고 수줍어
바람 속으로 뛰어들 듯 얼굴 숨기고
얼굴 환한 주지스님이 손들어 가리키는 먼 산,

먼 산 등성이 춘설만 분분분하네.

안부

속초 보광사 스님이
어디 갔느냐고

누가 와 찾으면
잠깐 볼 일이 있어

저 바다에 나갔다고
영랑호 바다에 나갔다고

어부가 되어 저 바다에
흰 갈매기와 같이 있다고

바다의 경전(經典)을
읽고 있다고

산수풍경

여긔는 기암(奇巖)
저긔는 괴석(怪石)

섬진강 아름다운 강길 따라 걸으매

사람아 산그리메 얹힌 물소리가 폭포인
장군목에 올지어다.

문득 그리움이 물살로 빚은 마음일 적
귀와 몸을 열어 쏜살의 세월을 내려놓을지어다.

이 산하, 저 하늘을 품을지어다.

바람이 구담 천담을 지나

강따라 흘러오매

물소리가 징검징검 이돌저돌을 휘돌아가는 언저리
학처럼

사람아, 오래도록 서 있을지어다.

내가 그대가 되고
그대가 내 마음의 그대로 남을 적

용궐산 허리 능선 청풍정에 올라
그 어디메쯤 어디메쯤 뒤돌아

산너울 굽이 섬진강 품은

창암선생의 산광수색을 볼지어다.

섬진강 산수풍경에 머물지어다

춤

맨 발로 풀밭을 날아오시라,
우리들의 언어(言語)가 노래가 되고
우리들의 입맞춤이 영혼이 되어
온 대지를 감싸 안듯이

날아올라 하늘과 땅의 윤무(輪舞)를 보여주시라.

아직은 2월의 찬바람 도시의 골목에 남아 있고
먼 곳에서 봄의 향연을 기다리고 있는 소년소녀들이
바라보고 있는 것을 아시라.

바람을 불러들여 세상의 기운을 담아내고
품어 온 우주에 풀어놓으시라.
두 개의 산과 골짜기를 지나 발아래 지느러미처럼

흔들며

　풀밭 위를 흐느적이듯 맴돌아 보여주시라.

　작은 노래여,

　작은 영혼이여.

　사랑은 언제나 귓가에 속삭이며

　사랑은 어둔 밤 관능(官能)의 터널을 지나서야

　환한 햇살에 이르고야 마는 것을.

　어깨에서 가슴으로 흘러내린 두 손에 깃발을 품어

안고

　개안(開眼)하게 보여주시라.

　어디선가 손뼉을 치는 바람의 웃음이 밀려오리니,

이마에서 눈가로 흘러내리는 땀이 뺨을 적시고
숨소리가 목 주위로 퍼져
모든 소리가 일순 정지한 듯 잠시 세상이 출렁이리
라.

온 몸을 음악에 담아 두 손을 치켜들고
박자에 맞춰 한 율동씩 몸을 뒤틀며 한 뼘씩 뒤돌아
풀밭 위를 맨발로 디디다 이윽고
가슴을 쫙 펴 허공의 대지에 드러내시라

우주의 정거장으로 오래오래 떠가는 고래처럼

먼 지평 위로 떠오르는 윤무(輪舞)를 마침내 보여주
시라.

흰소 1

– 심우(尋牛) 소를 찾아 헤매다

소를 찾아나섰다

소월(素月)시집을 들고
먼 제방길 달려나간
금만(金萬)평야

무지개가 피었다.

나와 아버지 사이
나와 어머니 사이

그 사이사이

어떤 의미도, 어떤 언어도,

어떤 말씀도,

없었다, 흰 소를 찾아나선 그곳은.

우주의 바깥이었다.

흰소 2

– 견적(見跡) 소의 발자욱을 찾다

바람 속을,
절벽 아래를 쏘다녔다.

내 얼굴 위로 모래의 시간들이 흘러갔다.

질풍노도의 시절이었다.
때로 길 위에 오래도록 서 있었다.
심야에

길 모퉁이 애인의 집 창문 곁에
서 있기도 했다.

손바닥에 쥔
보들레르와 헤세,

고리끼와 법구경(法句經).

은하수 아래
흔들리는 촛불
어렴풋이 흰 소가 보이기 시작했다.

새벽이었다.

청년 김수영이 웃고 있었다

흰소 3
– 견우(見牛) 깊은 숲속에서 소를 보다

삼십세였다.

광장이었다.

동터오는 거리에서,
한낮으로, 한낮에서
저무는 들판으로, 어둠이 내리는 거리로

남해에서 임진강까지
목포에서 휴전선까지
남에서 북으로
서에서 동으로

지상의 양식을 찾아 헤매었다.

무릎까지, 가슴까지
어깨까지
절량(絕糧)이었다.

이 세상에 새 아이가 태어나고
문득 흰 소의 발목이 보였다.

흰소 4
– 득우(得牛) 소를 얻다

구름떼였다
아니
소떼였다.

폭포수 아래였다

내 정수리 위로 퍼붓는,
내 어깨 위로 쏟아지는,
소떼.

일백여덟개의 고뇌를 등불처럼 매단
여자가
히말라야 기슭에서 왔다고 했다

폭포수 물살이 무늬로 새겨진
아담한 조약돌을 쥐고 있었다

나는 너를 모른다
너는 나를 모른다

일백여덟번의 고뇌처럼
또 다시 히말라야 기슭으로 떠나는 여자

강 건너 평야로 흘러가는 물줄기 사이로
무지개가 피었다 사라졌다.

폭포수 아래였다.

흰소 5
– 목우(牧牛) 바야흐로 소를 기르다

나의 종(宗)은 시가 아니었다.

영화가 아니었다. 10년 전쯤에 나의 종(宗)은

시였다 영화였다 나의 종(宗)은 불교가 아니었다

기독교가 아니었다. 나의 종(宗)은 20년 전쯤에

불교였다 기독교였다 나의 종(宗)은 공자였다 맹자

였다

30년 전에 공자와 맹자가 아니었다.

어느 해 아래 까마구 소리가 들리었다

어느 달 아래 부엉이 우는 소리가 들리었다

40년 전에 나의 종(宗)은 흰소가 아니었다

나의 종(宗)은 흰 소였다.

나의 종(宗)은 타클라마칸 사막 위를 걸어가고 있었다

나의 종(宗)은 피레네 산맥 넘어
산티아고 길을 걷고 있었다
나의 종(宗)은 시코쿠섬을 걷고 있었다

나의 종(宗)은 삼보일배였다

문득, 차츰, 서서이, 흰 소가
내 앞을 걸어가고 있었다.

흰소 6
– 기우귀가(騎牛歸家) 소를 타고 집으로 돌아오다

집으로 돌아오는 길

별이 보였다

샛강이 보였다.

숲에 귀면(鬼面)들이 이파리처럼 흔들렸다

나무들이 가갸거겨
나무들이 겨거갸가 서 있었다

먼 불빛이
내 발등을 재촉였다

재,

촉,

였,

다,

흰 소가 내 발등을 재촉였다

집이었다

마당 가득 귀면(鬼面)들이 떠돌았다.

흰소 7
— 망우존인(忘牛存人) 집에 와보니 소는 간 데 없고 자신만 남았다

어디선가 현(弦)의 노래가 들리고 있었다

문을 열어보니
소녀가 마당에 서 있다

소녀가 앞가슴에 두 손을 모으고 있다

마당에 꽃잎들이 시나브로 내리고,
꿈결처럼
꿈결처럼
가득 쌓이고

해가 되고
달이 되고

별이 되었다

흰소여,
흰소여,

불두화(佛頭花)가 피었다.

흰소 8
— 인우구망(人牛俱忘) 소가 사라진 뒤에는 자기 자신도 잊어야 한다

캄캄한 광명(光明)이었다

세상의 시작
세상의 끝

문득, 깨어보니

나는 너였다
너는 나였다

세상의 끝, 시작, 세상의
시작, 끝이 맞물려 있었다

세상의 아버지는, 어머니

세상의 어머니는, 아버지

이뭣고
저뭣고

흰소 9

— 반본환원(返本還源) 산은 산으로, 물은 물로 조그마한 번뇌도 없다

산은 산이다

백년여관도 보인다
시냇가에 심은 교회도 보이고
고려수산도 지척이다

가까이
호남탕 굴뚝도 보인다

인근 초등학교 교정에서
뛰노는 아이들 소리가
삼천대천세계(三千大天世界)를 울린다

한때는 처녀였고

한때는 어머니였던

연지암 비구니 스님이

절마당에 물을 뿌리고 있다

물은 물이다.

흰소 10

– 입전수수(入廛垂手) 이제는 거리로 들어가 중생을 보살핀다

나그네여

달에 구름가듯이
달에 구름가듯이

이뭣고
저뭣고

앞산
뒷산

희양산
봉암사 아래

나는 그것을 공감(共感)이라 부른다
나는 그것을 감동(感動)이라 부른다
나는 그것을 감응(感應)이라 부른다

새소리가 들린다

나그네여
나그네여.

서정시를 쓰기 힘든 시대

1
긴 편지를 쓰고
강에 갔다

2
옛 교정
다시 살아야 될 어떤 예감
깊고 아득한

3
아우가 생각난다
국수 먹는 사람 보면 국수를 몹시 좋아했던
아우
국수 먹다 한 생각 놓고

창 밖을 본다

노랗게 은행나무 잎새 털리고 털리고

4

왕십리

살꽂이다리에서 흐린 날

벌새가 운다

내가 스무 살 되던 날

5

그대의 작은 키가

때로 작게만 보이지 않는다

6
아파 누운 언덕
깃발 되어 펄럭이는
가난

7
청주여관
낯선 하룻밤
두보(杜甫) 되어 울다

8
군산부두
산낙지로 배를 채우다

9
보리밭을 지나
무우장다리꽃 피어 있는
들길 지나
당신이 보고 싶습니다

10
몽당연필로 침 묻혀가며 쓴,
술 많이 먹지 말고 건강에 힘쓰며
열심히 공부해라
1986년 가을 엄마 씀

11
조선 새야 새야

눈 퍼붓는 날

밤 이슥토록 내 귓가에 와서

울어라

12

남문통을 걷다

뙤약볕 속

늘어선 행상어멈들

13

썰물진 가슴

차돌멩이 남다

14
누가 내 가슴에 시의 씨앗을 묻었을까
시 쓸 일로 종일 생각이 많다

15
문득 깨닫다
술 취한 다음날 아침
꽃밭에다 속엣것 게워내며
오늘이 아버님 생신이구나

16
고료 3만원 받다
구두 밑창 갈아야지

17

천변 아래서

거지들과 하룻밤을 지내다

나도 순한 짐승이고 싶었다

18

한밤중에 개구리 한 마리

창문으로 뛰어들다

가갸가갸 가갸가갸

방문 열어두다

19

동학사 해우실에서

뒤를 보고 나오다

여승들의 해우지 몇 장 훔쳐오다

20
유배지에서 온 정다산의
편지를 읽는다
그의 제자 한 사람은
정다산이 죽었을 때
크나큰 대들보 하나이 무너지는
소리를 들었다고 들었다고

21
아침의 붉은 놀이여
너 외수없이 찬란하구나

22
세검정에서 발을 씻고
햇볕에 옷을 말리다
바람 불었다 바람 불었다

23
목포느으은 하앙구우우다
박남준이 그의 시를 읽는 밤에
별똥이 졌다
나는 눈물이 났다

24
빈 홈통에 물 내려가는 소리
대낮에 친구 방에 누워 듣다

25
섬진강 상류
박봉우 선생 막걸리 마시며
욕해대다
이런 씨부럴놈의
'박봉우 선생 아내'가 묻힌
효자공원묘지에서
그의 아내 저소리 신소리 다 듣다

26
법원에서 손 묶인 이광웅 형은
웃고 있었다
담장 위 샛노란 개나리

27
지금도 길 걷다
길 모퉁이
전파사에서 문득 만나는
김삿갓 북한 방랑기
정오의 휴게실
버려진 세발 자전거

28
북덕유
남덕유

29
내가 몸은 이 땅에서 받고

정기는 저 하늘에서 받으니
바야흐로 흘러가는 물소리로
그대들의 이마를 적시고 싶어라

30
8월 초순
인적 드문 종로에서
임진강 가는 버스 놓치다

31
그대 떠난 자리에서
강물 또한 떠난다
강물은 어느새 그대를 앞지르고

32
덧없다 덧없다
개정병원 국도에서

33
봄비 내리면
대합실 앞 대포집에서
온몸 붉게 취해 내다보는,
행상 가는 부부 나란히 빗물에
젖고

34
우리도 낙엽같이
우리도 낙엽같이

가을날의 수상한 언어

35
누가 살다 갔을까
바다로 이어지는 언덕에
무릎까지 풀꽃들이 흔들리고
법성포 한 움막
허리 누인 구들짱 깨어져 내려 앉고

36
등잔불 심지 돋구다
반월에서 반월(半月)보고 개 짖는 소리

37

여름비는 세차게 내리지
여름비는 세차게 내리지

조카아이 공책에 적힌 과꽃

38

바람 불면
바람 부는 그곳까지 나 또한 붙어가서
아프다

39

내 조국은 황폐한 처녀지

40

너는 어디에 숨어서

청계의 봄을 기다리고 있느냐

어린 시인아

41

장승백이 넘어

하얀 건물 교도소

아침 점호 소리

42

백일홍도 피었다 지고

김상가 집도 보았다

하학하는 아이들의 귀가소리
저 나뭇잎 같은 아이들처럼 재잘거리며
나도 나의 집으로 돌아오고 싶다

43
나뭇잎과 이슬 하나를 가두는
내 슬픈 감옥

44
장안사도 기다리고 섰을까
눈 맞으며
어린 사미승처럼

45

누이야 새야

평야에 가슴 작은 사람들

모여산다

누이야 새야

가슴 작은 사람들 평야에

내일도 모레도 모여 산다

46

쓸쓸한 아버지 군단(軍團)

47

깨어진 기왓장을 밟고 서서

노을 진 해방촌을 바라본다

48

전남 강진 그곳쯤 월출산이 보이듯
전남 강진 그곳쯤 월출산이 보이듯

창아,
창아,

49

마부
노을 깔린 길을 가는
마부
땅에서 슬플
그리하여 하늘에서 빛날
마부

내 역마

50
어제 누운 밭 보여요
어제 누운 힘 보여요
젖은 보리밭

51
여수행 열차를 기다리며
무임승차로 가슴 졸이다

52
서정시를 쓰기 힘든 시대에
서정시를 위하여

밥과 서울 여자를 생각한다

53
잊혔을 리야
희미한 가등 아래서의
첫 입맞춤

54
좁게 난 들창으로
겨울비 며칠 내리다
삼류극장에서 철 지난 영화 보다

55
애통리 놀러갔다

꽃상여 종일 따라다니다
거기 내 죽음도 함께 놓이는 것
보고 오다

56
정든 유곽을 빠져나오다
날 새기 전
골목 끝 어지러이 널린 발자욱

57
저어야지
저어야지

동해 물결 어지러웠다

58

삼포 가는 길은

그뿐일까

사나이 피 맺힌 육성

겨울 벌판에

멧새로 떠돌고

59

완도 선창

어두운 다방 한 구석에서

이인성의 낯선 시간 속으로를

통독하다

파도소리

심하게 울고

그리움아 먼 육지에서 하룻동안 가물거려라

60

심야 방송

김미숙의 인기가요

천상병의 시 흘러나오다

61

새들

모이는 곳

조치원

절망하다

절망하다

62

어디에서 봤을까

오래 된 엽서 한 장

낯익은 데 맹인 부부 가수

담 모퉁이를 돌아가는 외투여

63

먼 산언덕

하늘이는

갯버들

64

의정부에 늘어선

미류나무

미류나무

65
고추밭이 탈 때
왜 가난한 사람들
입술도 함께 타는가

66
더운 풀밭 위에서
바라봤던
하늘이
온통 땅이었다
금강 연변

67

봄 산에 들면 나는 미치고 싶어진다

68

이서 쪽으로 지는 노을은

언제나 핏빛이다

69

너무 높아 서글픈 하늘

쓴

땡초 재연과 김제

만경길 새벽술 마시며 걷다

동트다

그의 고향 동네 지나다

그의 고모

그의 고모 개숫물 버리려

길가에 나와

쟈가 해장부터 어디를 간다고

간다고

저리 가고 있댜!

70

고덕(高德)은 아버지

모악(母岳)은 어머니

남평북악

71

훠어이

훠어이

빈 논 가득

새 쫓는 소리

72

나는 백학기를 이 비루한

서울에서

나무나 풀을 볼 때마다

생각한다 건필

어느날 전언 같은

시인 정인섭의 편지

73

용산역에서 왕십리행
순환열차를 타다
한강을 끼고 도는
저 낄룩새들

74

진눈깨비 흩뿌리고
갈 곳 몰라 하다
바람에 윙윙 가등에 매달린
불빛

75

행상 노모에게

개비 담배 두 개 사십 원 주고 사다

그가 세월이다

76

저 하늘의 별들

윤동주 서시의 별

고은 조국의 별

모든 별

어둡고 가난한 지붕 위의 별

내 누이의 별

내 가슴에 묻다

77

사단 앞 병영

웬 떼까치
저리 몰려 있나

78
박항식 선생
영춘이 결혼식 주례 보다
돌연
흐느끼다

늙은 노시인의 우울증

79
창 밖으로 본 풍경
나란히 달리는 저 빗줄기 속의 국도

문산 가는 길

80
오래 묵은
서랍 털다
까맣게 탄 해바라기 씨 두어 개

81
긴 터널 지나오다
누군가 길게 무적 불다

82
자정 두 시
아무도 없는 계엄령의 거리를

신호등만이 종 치며 바뀌이다

83
서대문 구치소가
내려다보이는
산동네 밀린 사글세 방값
아직 못 갚았다
헐리고 세월이 흐르고,

인왕산 부근을 지나려면
맘이 안 놓인다

84
봄날 저녁

야간 학교 일제히 터지는 웃음소리

그대 다시는 고향에 못 가리

85
그렇겠다
그렇겠다
하늘이 낸 사람이겠다
대동여지도 고부 편을 들고

86
아리랑 아리랑
아라리요
그대가 가다가 발병난 길

내가 또다시 걷는다

87

다시 쓰는 압록강에게
오늘은 남쪽에서 슬픈 사슴이었습니다.

88

비 젖은 이삿짐
제비들이 낮게 뜬 하늘을 날고
멎고

89

마룻바닥 위에 박힌 팽이처럼
인공 때

팔공산에서 박힌 아버지 정갱이의

파편

90

추석 서울 집에 가다

오랜만에 식구들과 한밥상에 둘러앉다

큰 매형 소식 없고

갓 돌 지난 조카 잘도 큰다

이 세상의 신비로운 일 두 가지

꽃 피는 일과

아이 자라는 일

91

들러온 산천

평야의 흙들이 아프다고 소리 지른다
나도 평야이다

92
추억과 역사
눈빛으로 가득찬 대지
저녁 놀

93
수유리에서 불어오는
바람
내 빈 가슴을 텅텅 울리고
대지극장의 외파간판을 흔들고

94

용산역에서 또 하룻밤

어머니는 어제

남쪽으로 내려가는 열차 창에

내가 머리를 기대고 있는 줄……

95

내가 울던 긴 강의 바람이어

내가 울던 긴 강의 바람이어

제 2 부

오랜만에 쓴 편지

많은 날들이 지나갔다, 라고 쓴 뒤 창밖을 본다.

철새들이 날아간 하늘 밖 풍경으로 구름 떼들이 모여 있다.

창 곁으로 다가가 구름의 얼굴, 가슴을 들여다본다.

그곳에도 사람들이 살다 간 흔적들이 묻어 있어 따뜻한 기운이 있다.

오랜만에 쓴 편지 속으로 걸어 들어가 내가 편지가 된다.

편지를 부치러 오는 사람들이 없는 거리의 우체통 속으로

많은 날들이 또 구름 떼처럼 지나간다.

달의 슬픔

내 그리움 속에 낮달이 떠 있다.

나는 낮달이라고 내 그리움에게 전한다.
낮달을 그냥 낮달이라고
그리움을 그리움이라 부르지만

내 그리움 속에 낮달이 푸르게 떠 있다.

꽃과 시 몇 편 놓인 삶을 꿈꾸었던
내 삶의 책상 위로
바람의 달력이 내 손등을 쓸어 가는 동안

내 그리움 속에 낮달이 내내 떠 있다.

겨울 강을 보며

다시 너는 흐를 것이다.

오래도록 고향 떠난 사내가

동구 밖 느티나무 아래 모습을 드러내고

산 까치가 칵 울음을 뱉어내며

건너편 산 둥지로 날아가는

눈 시린 겨울 햇살이 논밭을 비추일 때

기다려도 아니 오던 사람들이

하나 둘씩 깨진 사금파리 같은 추억을 숨기고

국도 변에서 내려 머뭇머뭇 돌아올 때

너는 다시 흐를 것이다.

언제는 세상이 그리 만만했던가

밥 한술, 노래 한 소절만도 못한

에헤라, 이 땅에 옷도 걸어 두고 신발도 벗어 놨지만

흐르는 것은 저희들끼리 소리 없이 흐를 뿐
흐린 낮빛 같은 세월이 고이고 썩어 가는 줄 모르고
한때 발 담그었던 강물을 보고 속도 끓었지만
어허 어허 헛기침에 묻어나는 겨울 강이여.
저기 순정한 처녀 같은 노래여.

자화상

불어오는 바람을 향해 서 있으면 아내와
아이가 떠오른다. 화가 이중섭의 제주도에서

아내와 아이들을 그리며 살다간 그 슬픈
자화상이 흘러가는 구름 속에 잠시

머문다. 고독과 외로움을 바람에 실어 보낸
아이들과 물고기와 게, 또는
늙은 황소와 닭들의 싸움이 먼 능선에 아련하게

그려진다. 슬픔은 예리한 송곳으로 가슴을 찧고
세상을 보는 내 이마를 할퀸다. 바람은 그렇게

먼 지평에서 불어와 내 자화상을 밟고 간다.

인동의 꽃을 피워 내는 세월을 쫓아 아내와 아이가
있는 전주의 다가산과 천변까지 몰려가는

오장육부까지 썩어 가는 이 그리움.
썩을 대로 다 썩어 아내와 아이를 위한 구름이
되어 내 지금 무슨 시를 쓸랴는가.

제주에서 한 폭의 자화상을 떠올리는데
화가 이중섭이 곁에 다가와 속삭인다, 자네도

슬픈가보다, 라고 어깨를 짚는 바람 속에서
눈물 몇 점 떨군 같은 제주의 하늘에
살별이 뜬다. 바람이 살별을 흔들고 있다.

꽃 피는 세상의 그늘
 - 부재(不在)

　새벽에 안방에서 두런두런 말소리가 들린다. 팔십이 다 된 아버지와 그의 평생을 뒷바라지해 온 늙은 어머니가 일찍 일어났나 보다. 어제 그들은 온천에 다녀왔다. 골목 밖으로 이어진 세상은 아직 어슴푸레한 미명이다. 전등도 켜지 않은 채 이부자리 속에 누워 나누는 그들의 말소리가 내 잠을 썰물처럼 밀어내고 있다. 아직도 젊은 처녀총각 시절인가. 나즉나즉 들리는 말소리 사이로 아버지의 헛기침, 어머니의 아픈 신경통이 몸을 누르는 소리가 이어지기도 한다.

　어린애처럼 나는 누워서 그 소리를 듣는다. 아버지의 젊은 날과 내 어린 날이 한데 만나서 강물처럼 흘러가기도 하고 벌판처럼 끝 모를 지평으로 뻗어가기도 한다. 그때 어머니는 집안 마당에서 키 큰 미루나

무처럼 서서 신작로를 내다보기도 하고 깊은 우물을 들여다보며 신열을 앓기도 했던가. 아버지와 나는 어딘지 모르는 길들을 향하여 그리도 내달았는지. 사내들의 꿈이 가 닿는 지점에 산이 있었던지, 아니면 어떤 환한 날들이 있었는지.

"언제 물었었지? 내 아래로 장가도 못 가고 일찍 죽은 동생이 있었느냐"고 아버지가 누워서 어머니에게 뜬금없이 되묻는 말소리가 들린다. 어머니는 잠깐 새벽잠이 다시 들었는지 소리가 없고 아버지가 묻고 대답한다. "있긴 있었지. 잊고 살아왔는데 요즘 부쩍 생각이 나네, 갸가 아마 일곱 살 때 죽었을 거여." 어머니는 잠 속으로 빨려 들어가며 내 손위 누이와 나 사이에 낙태했던 아이를 떠올리는지, 아버지가 홀로 구

시렁대다 선하품을 하는 소리가 들린다. 곧 새벽잠이
다시 들려는 기색이다.

내가 모르는 일곱 살 때 죽은 작은아버지가 골목을
걸어 밝아 오는 세상 한복판으로 들어오고 어쩌면 내
형이나 누이가 되었을지도 모를 낙태 전의 아이가 이
세상 꽃 피는 그늘에 살아 있는 듯하다. 어린 영혼은
금새 세상 속에서 청년이 되고 장년이 된 뒤 아버지와
어머니를 잊기도 한다. 서울 왕십리 아버지와 어머니
가 세 들어 사는 아파트에, 꽃 피고 지는 이 세상 그늘
에. 살아 있을지도 모를 사람들이 한세상을 이끌어 가
고 있는지도 모를, 이 세상에.

억새

이제 알 수 있어 분명히
당신의 입술 끝에 머무는
바람의 속마음까지.

산에 들에 핀 억새는
날아오는 새떼들 없어도
사랑하는 기교를
홀로 바람 부는 쪽을 향해
흔들리며 꿈꾸는 기교를 알지.

그러나 우우 우리의
밤 깊은 강물에 발목을 적신
한 생애의 깊이는 누가 말해 줄까.

너와 내가 보지 못하는

드넓은 용서의 들녘에

목을 곧추 세우고 서서

아침이면 꿈꾸듯 눈을 뜨고

오후면 투명한 햇살로 지상을 비추고픈

온몸으로 부르는 노래이고 싶어.

뿌리까지 드러나도록

당신의 슬픔을 또는 한 세기의 슬픔을

온몸으로 떠받치고 섰는 억새로

바람보다 먼저 달려가고 싶어.

너의 사랑

한때 너의 사랑을 꿈꾸었던

불 같은 사랑은

사월이 되매 더욱 그리워진다.

집 없이 갈 길 또한 지평선을 향해 막막하고

사람 살아가는 모습 가끔씩 눈물겨운

사월이 오면 꽃봉오리에 가 닿는 바람처럼

머물고 싶다. 머물어 혼의 종소리를 울리고 싶다.

그러나 가고 오는 세월은

사랑을 덧없다 꿈같아라 이르고

먼 집 가까운 불빛 은은하게 앞길을 비추면

다시 살아가야 할 날들이 오지게 서러웁다.

시여 자유여

한때는 너의 사랑을 꿈꾸고

나와 너의 사랑이 이 세상에서

남겨 놓은 그 무엇 흔적조차 없을지라도
버릴 수 없다. 이 사랑을 이 세상을.
너의 숨결을 만지고픈 사월이 오면
들판에 노란 뫼꽃 한 우주로 열리고
강물에 띄워 보는 붉은 연심이 더더욱
가슴을 찌르는 이 환한 날들 앞에서.

이리에 가고 싶다

어느날문득세상이깊고투명해지는가을이와서

그여름무성했던소문들이낙엽처럼길들위에내려앉고

거리에나뒹굴기시작할때

이리에가고싶다

골목밖아이들이남의집대문을쓸데없이기웃거리고다
니는

서울하고도왕십리에서

까마득이깊은꿈들을위한날개를접고

골목끝에휴지통처럼버려지는날들을다시줍기위해

아우여집도절도없이그러나꿈은버릴수없다는목마름
에

벌판으로돌아다니던날들이대책없이그리워질때

이리에가고싶다

논산벌판강경포구를건너온열차가

추억의터널속을빠르게지나쳐이리역플래폼에이르면

첫사랑의아픈기억들이되살아난다

아직그곳에있을사람들을떠올린다

역광장에서면

흐린얼굴로갈데까지온사람들이쓸쓸히돌아서는

아득한길위로가을햇살만무심히떨어지고있다

한때는영광한때는상처인우리젊은날의부신기억이

남아있는그곳에이리의모든것들이존재한다라고감히

말하고싶다

목천포다리아래서

바라보던그허기진핏빛노을을기억하는가

모든추억과그리움들이살아내밀한욕망으로숨어있는

세상에한많은속깊은사내들로살아있는자여와서보라

중앙시장통을기웃거리다늪같은시간속으로한없이추
락해도좋을

이제는번지수마저바뀐기억을더듬어창인동골목을뒤
지면

이성복이있다황지우가있다김정환이있다

이리에가고싶다

호남선과전라선이갈라지는침목에

키큰원색의코스모스들이한들거리고

군산선두칸짜리열차가갯내음을실어

한참을달려가면노을이깔리는풍경들속으로

코스모스같은날들이었어라고불러보고픈

그리하여그리워지는

대야, 개정쪽으로평야를지나며달려가는
백석시집에나오는천희같은여자가
철길옆에서바라보고섰는
지금은폐쇄된동이리역금방이나
춘포와나란히달려가는도로위에
느리게우마차가삶을끌고
세상은이렇게느린풍경들이한데어우러져
저물어가고깊어지는것을볼때

자신앞의생에한없이겸허하고드넓어지는
사람을알게하고그사랑을잃어버렸을때조차
사랑한다는일의허무와절망조차도
사랑하게만들어버린
솜리라는옛지명의이리에가고싶다

무창포

무창포를 아는가, 사랑도 시들할 때
삶이 지루하고 앞길 또한 막막할 때
그 좋아하던 영화도 보고 싶지 않고
꽃 피는 것조차 시샘이 날 때
봄바람조차 얼굴을 간지럽히고
집 나서는 골목이 낯설 때
공중에는 새들이 날기를 멈추고
아이들이 더 이상 자라지 않고 잉잉거릴 때
무창포를 가보라.
사랑 같은 것 희망 같은 것 모두 밀려가는
파도에 묻고
밀려오는 파도 소리에 귀 기울이다가
길게 누운 해변 위에 그림자를 끌고 누우면
봄 하늘에는 날아갈 듯 갈매기들이 떠 있고

목마른 자의 상심처럼 바람이 소리를 낸다.

무창포에 와도 얻을 것은 없다.

무창포에 와도 위안받을 풍경이 없다,

파도가 고른 템포로 찰싹이고

갈매기가 그림처럼 떠 있는 무창포.

흐린 봄날 김현 선생이 생각났다

어느 흐린 봄날 한 10년도 더 지나서
누군가 나를 생각하듯
흐린 봄날 바람은 아직 불어오지도 않고
다만 누군가 인연이 닿거나 한 사람을 생각하다가
불현듯 김현 선생이 생각났다.
벌써 10여 년 전 마포 신수동 문학과지성사에서
첫 인사를 나누기 전까지 바둑판에만 시선을 두던
그 김현 선생은
따뜻한 통찰의 시인이었다고 시인보다 앞서는 시인
이었다고 나는 느꼈다.
이 말을 김현 선생이 살아 있다면 나는 하지 않을
것임이 뻔하고
이제 그 김현 선생이 아니 계시니

이렇게 흐린 봄날 가만히 창을 내려보다가

김현 선생을 생각하는 것이다.

김현 선생은 나 같은 시인을 알아보고

첫 시집을 내도록 해 주었다는 사실말고도

가끔씩 서울에 올라온 나를

반포 통닭집에서 맥주를 사 준 것말고도

안경 너머로 나를 쳐다보는 눈빛이

마냥 깊고 좋아서 나는 어느 날인가는 인연에 대해

온종일 생각한 적이 있다. 왜 그날은 바람이 그리도

불었는지 이제 그 김현 선생이 죽어서 이 세상에 없
으니

가끔씩 흐린 봄날 인연이 닿는 이 세상 누구를 떠올
리며 혹은

지워버리며 몇 번의 흐린 봄날을 더 지내야 보고 싶은

사람들의 흐린 세상의 창을 들여다볼 수 있나 여기다가

 흐린 봄날 인연의 어린 물고기는 지느러미를 일으키며

 어항 속의 바다를 떠돌아다니고

 그렇게 김현 선생이 생각나기도 했다.

만리동 고개에서 이틀

사랑을 말하지 않고는 이 고개를 넘을 수 없으리

만리동 고개에 내리는 눈을 맞으며

사랑한다 말 차마 못하고 너와 헤어지는

만리동 고개에 눈만 내려 쌓이네.

마포 용강동에서 왕십리 행당동까지

사람들은 내리는 눈을 가슴으로 받으며

걸었던 날들이 그리워지리

내 품에 얼굴 묻고 함께 걸었던

그날들을 잊지 못하리

내 어깨에 머리를 기대고

하염없이 내리는 희미한 가등 아래

눈발들을 잊지 못하리

차마 사랑한단 말 한마디 전하지 못하고

만리동 고개를 넘으며 내리는 눈을 밟아 가면

이 땅 어디선가 폭설 되어 지붕까지 쌓일

깊은 밤 소리 없이 슬퍼지는 어두운 그림자 보네.

명동이나 퇴계로에 내리는 눈도 이만 못하리

종로나 충무로에 내리는 눈도 이만 못하리

꽃 피는 봄 양수리에서 한강에 밀려와

공덕동 로타리를 지나 만리동 고개 슈퍼마켓까지
이를 때

사랑하는 이 없어도 잠깐 들러 담배 한 갑을 사고

눈 내리던 날 헤어짐을 기억하며 서 있으리

그 옛날 젊은 날의 만리동 고개에서 이틀.

살 자

너무 높아 투명한 하늘
그러나 문득 고개 들어 바라보면
우리들 눈 높이께로 선뜻 다가와
가슴에 묻은 옛 시절의 귀한 이야기들을
소롯이 전해 주고픈
너무 높아 바라기조차 눈물겨운 하늘.

그 하늘 아래로
들녘머리에서 먼 지평선까지 늘어선 수수밭을 보라
아침저녁으로 소슬한 바람이
전령처럼 휩쓰는 물결에
온몸을 뒤척인다.

살아온 날들보다

살아갈 날들이 더 아름다운 것이라고

우리들에게 꿈과 희망을 주고픈 그런 몸짓으로

살자, 살자 몸을 흔드는

굴욕의 나날들이 지난 여름의 들녘에 서면

아직도 해야 할 일이 있고

아직도 지켜야 할 무엇이 있다고

파란 하늘 아래 수수밭 곁에 서서

잊어야 할 것은 잊어야 한다고

꿈 꿀 것은 꿈꾸고

온몸으로 하늘 같은 것도 바라보자고.

순대국

봄이 온다. 봄이 와서 세상은 환하게 눈부시지만
우리들은 모여서 순대국을 떠먹는다.
어제 마신 술 속을 풀려는지 옆 좌석의 김형, 장형도
고개를 숙여 말없이 순대국을 먹고
또 옆자리의 정장 차림의 낯선 중년도
말없이 김이 펄펄 솟는 순대국을 먹고 있다.
더러 안경알마저 흐리게 하는 뜨건 순대국에
희망과 절망까지 말아 후루룩 들이마시지만
이 봄이 와서 봄의 절정에 온갖 꽃과 나무들이
눈부시게 아름다울 테지만
순대국은 순대국, 정치와 사회, 혹은 골 아픈 경제 문제까지도
이 순간만은 잊어야 한다는 듯

우리는 각각 탁자 앞에 놓인 뚝배기 순대국을 먹는
다.

세상이 아무리 더럽고 속물적인 것들로 뒤엉켜

숨 돌릴 틈 없이 돌아가고 우리를 비웃으며 달려가
지만

누구는 누구는 탓하지 않으며 까짓것 순대국을 둘
러마신다.

어제 갔다 온 관악산도 잊고 북한산도 잊어버리고

그제 다녀온 고궁의 꽃 이파리도 잊은 채

실업이다, 물가다 경제가 제 아무리 판을 깬다 한들

순대국은 순대국이다. 어여쁜 아내가 있고 토끼 같
은 새끼들이

눈앞을 어른거릴 때까지 순대국은 순대국이다.

하여 우리들의 위장을 채워 주고

우리들의 내일을 내일이게끔 해 주는 순대국을 위하여

이 봄은 또 푸르러진 옷을 입고

우리가 이 거리 저 거리 방황하는 날들과

지치고 힘들어 갑자기 죽고 싶어지는 날들이 발아래 놓여 있을 때

따뜻한 순대 국물 같은 정으로 사랑으로 우리들의 어깨를 짚어 주리라.

봄이 온다. 봄이 와서 세상은 환하게 눈부시지만

우리들은 모여서 순대국을 먹는다.

또 항아리에 관한 명상

봄날은 왔는데, 아파트 베란다에 봄볕이 가물거리
는데

늙은 아버지 한 해를 잘 견뎌 봄날을 새로이 맞는다.

늙은 어머니 새벽에 성당 가기 전 묵주기도를 할 적에

늙은 아버지 방 가운데 옹송그리고 앉아 화투패를
떼고 있다.

달 없는 밤에 근심 걱정 패가 무릎 앞에 쌓이는가

탁탁 내려치는 화투패가 소리나게 방바닥을 울린다.

늙은 아버지 이 세상 소리 없이 떠나면 묘열 가지
런한

군경묘지에 묻혀, 흰 비석에 보훈번호 새겨질 것이다.

늙은 어머니는 군경묘지보다는 부안 하서 가는 쪽을
염두에 두고 있다. 그곳은 파도 소리가 송림을 흔
드는

양지 바른 곳, 늙은 어머니가 염두에 둔 그쯤에서

두 부부가 함께 있는 것이 나을 것이라고 생각하는데,

목탁 소리가 들린다. 내 친구 덕혜스님이 언제 왔는지

문 입구에 서서 우리 집안을 들여다보고 있다.

조금 열려진 문틈으로 항아리가 내다보인다.

늙은 어머니는 묵주신공을 드리다 말고 항아리를
쳐다본다.

늙은 어머니가 내다 버리지 못하는

항아리가 문밖에서 우리 집안을 거꾸로 들여다보고
있다.

내 친구 덕혜스님은 올봄에 서울 근교 어디에

절을 하나 지었으면 하고 늙은 아버지는 화투패를
흩뜨려

다시 손아귀에 모아 탁탁 소리나게 치고

화투패를 뒤집어 펴 본다.

전쟁 때 팔공산에서 정강이에 맞은 상흔이 들쑤시
는지

화투패를 떼면서 발목을 한번씩 펴 보는

사이로 봄볕이 들어와 앉는다. 젊은 시절 만난 어머
니와

한평생을 살면서도 화투패를 놓은 적이 없다.

부안에서 태어나 한나절 자전거로 가면 닿는

서해바다 푸른 송림 사이로 갈매기들이 떠 있는 곳에

젊은 날의 아버지와 어머니가 붙들었던 항아리가

아직도 깨어질 수 없는 그 항아리가 바다에 둥둥 떠
있는가.

항아리 안의 세월

늙은 어머니가 항아리 안으로 들어가 나오시지 않
는다.

평생을 밖으로 나다닌 늙은 아버지가
오늘은 항아리를 찾고 있다.

항아리 안에 세월이 깃들어 있다.

모악

"나야 타고난 고생인디."
멀리 모악이 보여,
붉은 탯줄 묻은 고향 전북 부안 떠난 뒤
일제와 해방, 동란과 혁명
험난한 세상을 지나온, 말하기조차 억척스런 삶을
살아오면서도
서울에서 십 수년을 해와 달과 별과
문밖을 지나는 바람을 쳐다보는 일로
갑자년을 훌쩍 넘긴 그 사람.

"얘가 나 죽어 땅속에 묻히면 구경할 사람이여."
가까이 모악이 보여,
고향 부안이 요즘 더욱 그리워
문밖을 지나는 바람에 안부를 묻더니

갓 태어난 손녀 얼르다 말고
당신의 삶을 이르더라.
지금쯤 냉이랑 달래랑 쑥부쟁이랑
봄 것들이 천지에 가득할 것이더라.

참 다정한 사람.
세상 버려도 다정한 사람으로
어떤 이들에게는 기억되고
어떤 이들에게는 기억에서 사라질.

강천사

강천산에서 이틀 묵었습니다

순창에서 강천사 이르는 국도에

눈 지고 푸른 댓잎 흔들리는

대모암길에 낯선 새들이 나와 있습니다

웬지 눈 걷어내고 강천사 다녀오면

멀리 들나루에 진달래 몇 촉 붉으리라

해남에는 따뜻한 물 찰랑이리라

다짐 둔 사연이

눈밭에 서성이는 새와 같습니다

하루를 이렇게 눈 내리고

내 등 뒤로 산짐승이 다녀가도

그 적막한 발자욱을 따라나서지 못하겠습니다

봉창 가득 내리는 눈발에

지나쳐 온 내 산천도 어디쯤 묻히겠지요

두만강을 훌쩍 뛰어 넘을

의인을 기다리며 기다리며

나는 눈멉니다

하루를 이렇게 눈 쌓입니다

담 밑 장독 위에 눈 쌓입니다

깊은 골짜기로 낯선 새들이 푸드득 날아갔습니다

민둥산

저기 민둥산에 올라보면
당신에게 드렸던 가난한 이야기가
생각납니다
가을꽃들이 스러진 자리에
투명한 햇빛 부시고
오래된 엽서 한 장에
가슴 쓸어오는 내 안의
민둥산이 보입니다
어쩌다 팔랑거리며 내려앉는
손 넓은 잎새에도
당신에게 드렸던 숱한 말들이
머물구요
내 발등을 덮습니다
우리는 가까이 있으나

물 빠지고 해 진 민둥산에서

많은 것들을 바라보노라면

그리움으로 하여

내 등을 떠미는 산하여

저기 민둥산에 올라보면

당신에게 드렸던 찬란한 기억들로

나는 눈물겹습니다

등 꽃
— 하양숙에게

너는 나에게 환희로 왔지
작고 큰 기쁨
찬란한 슬픔으로 왔지

너를 잊고 지내는 나날
뒷문 열고 나가 보면
산 접동 물 접동
접동새 우는
신록은 어느새 와서
앞산 뒷산에 푸르르고

시를 잊은 내 마음이
햇살 속에서
바람 속에서

넉넉해질 녘

너는 왔지
작고 큰 기쁨
찬란한 슬픔으로
어느 날 시를 쓰러 가는 길목
너 등꽃아

희망에 대하여

이제 어린 보리들이
풋풋이 자라나는 들녘에서
나는 희망을 노래해야 한다.
반역의 세월이
다시 와서 우리를 고통스러이 옥죄더라도
해마다 오월이 다시 오듯
희망을 놓칠 수도 없다.
메말라 가는 천변이나
물 얕은 강가 어디쯤
서정시 한 편들고 헤매이던
우리들의 황지(荒地)에
꽃피고 새 우는 날들이 오리란
기대를 버릴 수 없다.
사랑하는 이여,

연초록으로 물들어 환해지는

어린 생명의 나무들 곁에서

쓸쓸한 얼굴로 우두커니 서 있던

사랑하는 이여.

보리밭과 국도

보리밭에 주저앉아서
보리밭 위를 흐르는
너에게
국도 보며 쓴다

어둔 가등 아래서
늦게 먹던 술과 천변을 돌아
봄비인지 봄비인지
새벽 쓰레기 하치장에
타오르던 얼굴 붉던 불꽃
이마에 젖어
쓴다

어느날 문득

이 세상에서의 캄캄함은
환한 대낮
국도를 바라며
보리밭에 앉았어도
어찌할 수 없다

장다리꽃 피나
물 찰랑이는
슬픔 안고 너는
새벽 첫버스에 올라
땡그랑거리고

남아 있는 국도
유채무우꽃 희게 노랗게

흔들리는 숨결에
차창으로 멀리서
아파오는 국도

보리밭 위를 흐르는
푸른 바람을 마시는

어느덧, 세월

어느덧 세월은 흘러 만개(滿開)한 가을이 되었습니
다

마당에 떨어진 가을 단풍든 잎새를 바라보며
우리들의 깊어진 가난을 생각했습니다

머나먼 벌판의 무기와 곰탕 한 그릇,

우리가 어느 날 맑은 바람으로 선다면
푸른 하늘에 선다면

지상의 모든 풀꽃들에게
저 하늘의 별들에게

곰탕 한 그릇씩 두루두루 나눠 주는 그런 날들이어
야겠습니다

가슴에 남아 있는 미처 하지 못한 말

당신을 생각하는 동안 지붕에서 눈이 떨어졌다. 세상에서 적막편지를 써본 이는 알 것이다. 어려서는 들에서 보내고 젊은 날들을 강에서 순결히 보낸 우리가 시를 닻으로 여기며 새롭게 깨쳐가는 사물이라든가 삶, 세상 속에서의 슬픔을 견디며, 저물어가는 겨울 저녁 잔설이 남아 있는 산등성이를 바라볼 때 지나온 날과 길들을 추억할 때 그리운 당신은 늘 그곳에 있었다. 당신을 생각하는 동안 지붕에서 눈이 떨어져 내리고 내 가녀린 신경의 풀뿌리를 적시는 찬 물소리가 들린다.

당신을 생각하는 일이란 내려온 평지에서 뒤돌아보는 산처럼 먼 적막이다.

산기슭이 따라오는 들길을 버리고

나는 떠났다.

벌써 보리들이 푸르른 밭과

창공을 지나가는 바람 소리를 들으며

내 수첩 속 남쪽의 한 지도 위를 걸어갔다.

삼거리에는 십리씩 오리씩 걸어나온 귓불 붉은 사람들이

풍경으로 스칠 때

나는 가난한 한국의 서정을 떠올려도 좋았다.

신작로 길을 걸어 읍내로 대처로 떠난 숱한 발자국을

못 잊는가.

이 백성들의 소달구지 짐짝들을 나는 못 잊는가.

어린 시절 아버지의 이직 따라 대처로 나온 우리가

새벽에 떠난 소달구지 짐들을 저물녘이 되어서야 새
집에서 맞이하듯이 대처로 나온 첫날밤 집에 모여든
친척들 틈에 끼어 인공 때 아버지의 팔공산 무용담을
넋놓고 듣듯이 밖에서는 기수형이 다녀가도 몰랐던
별이 총총한 밤하늘, 그때 옥자누나도 광자누나도 더
불어 있었지 아마.

　지금은 중학생이 된 조카아이들의 초경을 나는 안
다.
　어린 나이에 벌써 슬픔을 알았을까
　내 가슴은 서쪽 산으로 기우는 그믐달처럼 적적하
고
　빈 벌판에서 우우 우는 승냥이의 울부짖음을 쫓아
　한밤중 마당에 나와 마을집들의 둥근 지붕을 바라

보기도 하였다.

　세상에서의 아름다움이란

　세상에서의 슬픔이란

　나를 벗어나 있는 것이 아니었다.

　내가 존재하므로

　누이들에게도 아버지에게도

　뒷마당에서 이어지는 들길에도

　들길 끝에서 솟아오른 산들도

　비로소 바라보였다.

　낙엽 깔리는 소리가 마당을 채우는가 하면

　온 세상이 하얗고

　세월이 우리들의 무릎 아래를 아프게 지나갈 때

　세상을 뒤집는 꿈을 꾸기도 하였다.

당숙할머니가 찾아왔던 날 밤

여린 불빛이 새나오는 방문 곁에서

나는 엿들었다.

그해 여름 햇볕을 즐기는 저 작은 산새들과

어린 들비둘기까지도 놀라 푸드득거리며

달아났던 총성 소리를

건넛산까지 침묵 속에 흔들렸던

그해 여름,

당숙할아버지의 주검을…… 완장을 피로 붉게 적시
고 나뭇잎을 물들였다는

그의 죽음을

나는 불빛이 가물거리는 것을

숨죽이고 지켜보았다.

앞장이 뜯겨나간 꽃무늬가 박힌 소월 시집처럼
적막한 저수지로 갔다 이듬해 봄이 오는 길 위에서
종달새가 하늘 높이 뜨고
햇볕들이 책 속 활자들을 간지럽히는
봄하늘을 우러러봤다.
펄럭이는 연꼬리가 날아오르듯
내 어린 가슴은 하염없이 부풀고
들녘 끝에서 몸을 감고 번져 오르는 불타고 있는 강
을 보기도 하였다.

시 속에서 나는 늘 적막이었다.
내가 살아온 삶 가운데서
시는 수사와 은유에 불과했다.
소월처럼 영랑처럼

시 속에서 따뜻한 희망의 창으로 길을 내고 싶었지
만
　우물 속에서 하늘 한 자락 비치듯
　국도의 끝에서 노랗게 유채꽃이 타오르듯―
　가난한 한국의 서정이나 꿈꾸며
　살아온 것일까
　나는 떠났다.
　그리운 당신은 늘 보이지 않았다.

　서울의 청계천과 왕십리에는
　굴비처럼 엮어진 가난이 살아 있다.
　연탄불이 뜨거워진 방구들 위에서 잠 못 들며
　한국의 가난한 서정을 떠올린다.
　가난하므로 서정일까

서정이어서 가난한 것인가.

철원까지 임진강까지 다녀온 내 무릎이 시리다.

입춘의 푸른 추위 속에서 언 강심으로

돌을 던져보며

미끄러져가는 돌멩이 끝에서 투명하게 부서지는 햇
살들을

나는 지켜보았다.

가슴에 남아 있는 미처 하지 못한 말로

이 산하에 병이 깊어

그리하여 슬퍼서

나는 당신을 더욱 그리워하였다.

세월

― 딸 지윤이에게

내가 너를 부를 때
너는 하늘인 것이다.

찔레꽃라일락꽃아카시아꽃

시간도 바람도 미치지 않는

언덕에 먼산에
내 마음 터지어나간 듯

내가 너를 부를 때
너는 하늘인 것이다.

지상의 온갖 풀꽃들이

발돋움해 발돋움해 닿는

그 하늘이다.

제3부

국도

시인은 바라본다, 국도를
강 건너 푸른 보리밭을,
피어오르는 아지랭이와
그의 가슴에 담겨오는 하늘을,
시인은 한 시인을 기다리며
바라본다 제비꽃을,
흔들리는 조국을 안고
넉넉히 쓴 한 편의 노래를
들려 줄 시인은, 강을 피해
달아나는 국도를 본다

북강

나는 북강으로 가는 열차를 탔습니다
국어사전과 개나리꽃 한 묶음
해동의 들녘에는 줄줄이 봄꽃 동산
흘러내리고, 반도에는
꽃들이 아기자기 피었읍니다
벽지에서 자란 나는
북강의 기대로 부풀리었읍니다
사람들은 모여서, 개찰구에 붐비고
밀물처럼 밀리면서, 북강은 지금
태극기가 힘차게 펄럭이고 있다는
소식을 들으면서
열차에 올랐습니다

북강에 서면

가까운 발치서 먼 곳까지
땅이 물처럼 흐르고
맑은 구슬 소리처럼 개운해진다는
북강에 서면
멸악산 화전터도
장산곶 마루도 그렇지

요동도 지척이라 하였습니다
만나는 북강 형님에게
이 국어사전을
북강 누이에게 개나리꽃 묶음을
안겨 주고 싶었습니다

나주에서 왔다는 노인네는

손녀 데리고
북강행 타기 위하여 사흘을
면서기와 내통하였다고
갓끈을 조였읍니다
조선옷 입은 사내들 상고머리 치고
아낙들, 안성에서 왔다고
금만평야 아이들 국기 들고 모였읍니다

동해의 푸른 물줄기 굽어보면서
철원땅 사람들이나 북강 사람들
다를 바이 없다고 생각하였읍니다

연락선 닿던 현해탄도
광복의 그날도 아리랑도

쓰라렸던 우리들 가슴에 연민,
낙동강의 물결로
흔들리는 차창에 기대어
그 물꽃으로 흘렀습니다
그 물꽃으로 남았습니다

우리가 지녀온 산과 밭에서
아직도 어둔 밤에 소쩍새 울지만
북강에서도 우는지
작은 풀씨에서 키 큰 미류나무
푸른 별자리까지
한라에서 민간통제선 너머
동해에서 서해로
열차는 달렸습니다

남해에서 북강 사람들

호미 쥔 손 설레이며 마주

손목 잡고 부둥켜안기

열차는 쉬지 않고 달렸읍니다

열차는 끝도 없이 달렸읍니다

코스모스 시

우리가 양식이 떨어지지 않으며
살아간다면
온 날들이여

코스모스 핀 들녘 건너
전장이여
추운 날 거꾸로 서 있는 중동의 아낙이여

우리가 이삭이 되어
땅에 떨어진다면
나라여
나라여
총 없는 나라들의 해와 달이여
만국기의 펄럭임이여

국가와 법률과 사랑과 자유와

세계여

세계여

가증한 시여

퉁소 1

하늘에 걸린 퉁소여
천둥에 둥둥 베옷자락 펄럭이며
뫼 넘어가면
너희들 가슴 깊은 골에
맺혀 있는 조선의 궂은 땅 위

스쳐, 서로, 손 잡아 끌어줄 수 없는
퉁소여

조선 나라의 대밭에
마다마디를 손칼로 잘라가며
떠돌아라 네 목소리
징처럼 울 수도 없는

장구채처럼 놀아날 수도 없는

퉁소 2

퉁소를 불랴면
단단한 이마로 서야 한다
날이 흐리고 조선의 하늘 아래
발이 시리다, 봉준은
짚신에 감발치고
희끗희끗 싸락눈 흩치는
숨가쁜 산마당에 뛰어올랐다
자잘한 모래의 호흡을 지워 버리고
마음을 크게 써야 한다

보인다,
누가 빈 들에 겁없이 살아오며
날이 흐리고 발이 찬지
뜬 생각 잠시 거두고

안좌하여 봉준은

가슴에 품은 풀빛 퉁소 꺼내들었다

살아 있음으로 만나는 조선의 하늘

진군처럼 이마를 때려가는 바람

속깊은 아픔을 훑어나와

목청을 떨게 하는 조선 팔도의 울음

봉화

아직 우리는 울 밑에 모여
그날의 사람들 생각하나니
키 큰 정신들이 모여
어느 역사책을 뒤지어도
드러나지 않던 그날의 하늘,
마음 속 긴 장대 끝에 매어올리는
하늘, 생각하나니
불어라 바람
맨주먹 싸쥐어 우러르던 하늘에
턱 괴고 눈길 주던 강언덕에
그날의 사람들 살아 있었나니,

그때 우리는 바라보았나니
너나없이, 장독 뒤에 숨어 내다봤던

캄캄한 하늘에

홀연 뜨거운 빛 타오르는 것을 보았나니

산 위에서 건너 마을로 질러가는

봉화여,

삼동의 얼고 언 마음들이

서울 장안에 쏟아져나와

태극기 펄럭이며 만세 시위 한창일 적

시작도 머물 것도 없이

우리의 숨통을 죄어왔던 벽을 뚫고

칼 차고 말고삐 나꿔채

앞발 쳐드는 골목 뚫고

철로 연변에서 인근 마을로

산간 벽지로 불을 붙여 가는

우리의 봉화는
살아 있었나니
하루 자고 깨나 보면
더 큰 불이 되어
만주 북간도
하와이 건너 미주까지 질러갔으니
경칩의 들판, 끼륵끼륵 날아가는
들기러기떼도 보았으리

그날의 안부 누가 물으리
낮은 반도의 땅에
코를 묻고 서서
겹겹이 쌓인 연륜 되짚어 가면
그날의 만세 소리 땅 밑을 울려 오고

한라에서 백두까지

곳곳에 스민 그날의 숨결

그날의 사람들 생각하나니

아직 우리는 울 밑에 모여

두만강 진달래

봄이 오면 들에 진달래
평야에 의주에
한강에
두만강가에는
부를 이름이 남아 진달래
더욱 붉고

우리나라의 논과 강들은
그루터기와 갈라지지 않는 얼음장을 남겼다

추운 회령의 벌판에 몸을 기대며
부싯돌 같은 하늘 바라본 이는 알리라
굽은 등을 쳐대는 장천의 바람과
숨은 비적떼

가도가도 두만의 밤은 끝없고,
광활한 조국

젖은 손끝을 말리며
동터 오는 새벽
우는 말소리 뒤따라보면
지층을 울리는 군마와
쌀

고향에 두고 온 쌀꽃들은
필 채비를 하였을까

폭설 속에 빗나간 과녁을 뚫어
말을 달리던 태극기와

아리랑

횃불처럼 흔들리고

건넛산을 흔들던 몇 발의 총소리에

우리나라의 논과 강들이 흔들리다 보인다

사람아,

사람아,

봄이 오면 산에 진달래

두만강은 부를 이름이 남아 끝없고

먼 땅에

태양은

한 톨의 씨앗처럼 박혀 있는 것일까
그리하여 동해처럼 출렁이는 것일까

진달래
두만강 사람아

봉천

우리 봉천에 갈까
아 그러나 가엾은 땅
논 팔고 우리 그 땅에 가면
소작인만 자리 지키는 땅

우리 봉천에 갈까
압록강 건너
뗏목들 흐르고
힘가쁜 조국아

나는 바라본다
이어짐을
우리가 다리로 만나고
흐르면 그곳엔

피묻은 깃발

우리 봉천에 갈까
아름다운 조국

그러나
그곳엔
피비꽃 피지 않는다

눈 3

압록강을 건너지 못한 시인들이
사는 나라에
눈이 내린다
정오에 그쳤다가
눈이 내린다
1910년 독립문 주변에 내려
잠시 등을 끈 시인들이
묻는다 지금도
눈이 내리는가고

눈이 내리는가고
마적의 눈이 내리는가고

눈 4

가난한 자의 마당으로
눈이 내리고
눈이 내린다, 내리는 눈은
쌓이지 않는다
우리의 불친절한 입 속에도
눈이 내리고, 그대 말없는
팔굽 안으로 그칠 새 없이
눈이 내린다
내리는 눈은 쌓이지 않는다
손바닥에 떨어지는 몇 개의
언어들이 곧 얼어 버린다
이내 풀리는 햇빛 아래 언어,
그대 팔굽 안에서
내가 다시 차디찬 연애로

뒹굴고, 음탕한 자의

가슴이 되어 우리가 1980년

겨울에 짓는 결빙의 집은

내리는 눈으로, 내리는

눈은 쌓이지 않는다

우리가 쌓여야 한다

덧없이

덧없이

눈으로 내려

부활의 서

들판에 나가면
세상의 꽃들은 이미 죽어
서른 몇 날 밤을 찬 발로
해마다 묻힌 누구의
옷가지들이 버려져 있다

꽃을 만나기 위하여
갖은 우리의 더러운 것들은 씻어 헹구고
줄 수 없는 것조차 주기 위하여
꽃의 뜨거운 가슴으로 다가설 때

맨바람 일렁여
숨 살피고 귀 듣는 인적의 새여
강물처럼 만난다 해도

저 하늘처럼 흐림을
어쩔 수가 없구나

우리 들판에 나가고
쟁기의 농부가 쟁기날을 갈고 있을 때
시방 지상에서 꽃이 하나씩
끝으로 끝으로 암묵의 숲으로 실려가고
그 뒤를 줄달음쳐 가는
목을 걸고 우는 종소리

누군가 말하리라
풍요한 죄가 없이는
꽃의 가슴 더듬을 수 없고
기약의 설레임 속에 깨어나 보면

우리는 한낱 미몽의 벙어리꽃임을

안식의 종이여 울어다오
빛과 소금의 주일을 위하여
우리 들판에 나가고
온종일 빈 집 뒤안에 햇살 몇 가닥 그물로 엉켜 있
는
대밭을, 서성이는 그이의 발자국 소리를
누군가 들으리라

들판에 나가 보면
들판의 저 끝, 온몸을 감고 번지는 불
불 타고 있는 저 강

50년대와 60년쯤에

나는 한 살이었다

강가에 민들레가 피었다

형들은 전장에 나갔고 때로

가루가 되어 고향 뒷산에도 못 묻혔다

거제도의 포로들은 석방됐다

아버지들은 상이군인이 되었고

은좌나 동호에 모여 구호물자 이야기

낮은 지루박처럼 비가 내렸다

정치 이야기를 하였다 잠깐

거리에는

폭동이 일어나고 깡패처럼 거리는

사나와졌다

어떤 시인은 하루에 열 일곱 잔의 커피를 마셨다

형님들은 골목으로 쏘다니며

매캐한 연기를 마셨고 더러는

맨홀 곁 쓰러져서 일어나지 못했다

보도 블록을 때리며 언니들은 얼굴을 묻어 울었고

나는 한 살이었다

강보에 싸여 내던져지지도 못 하였다

사회는 시끄러웠다

남산에 육순 노파가, 고막이 터져 죽었다

민주공화당의 벽보가 붙었고

야당 후보들은 찢어진 벽보처럼

너풀댔다 너풀댔다

아버지들은 성큼성큼 군청에 나갔다

밤으로는 마작을 놀았다

어느 소설가는 흐느끼는 목석을 써서
처녀들을 울렸고
스스로 가슴 아파했다
장군들은 술처럼 정치에 뛰어들었다
경제 개발이 추진되었고 주먹깨나 쓰는 놈들 간혹
맞아죽었다 나는 한 살이었다
누런 꿀꿀이죽을 먹으며 누렇게 떠가고
원더풀을 배웠다 풀 풀 더러운
거리에서 사생아가 속출했다
옥수수 속대처럼 마른버짐 핀 밭가에
미군 부대 주위에 깡통 주우러 다녔다
동네 아이들끼리 패싸움으로 돌을 날렸다

이마가 깨지고

어느 시인은 까닭 없이 교통 사고로 죽었다.

민들레가 피었다

태인에 가서

눈물이 마를 때까지
퍼대고 앉아 우는 형수를 달래다
밖으로 나오니
별이 보였다
겨우내 구들 지폈던 연탄재가
마른 얼굴로 대문 곁에 쌓아져
나를 내려다봤다
집 떠난 지 삼사 년이 되어도
소식 한 장 없던,
형의 이름 석 자가
문을 밀자 우루루 무너져내렸다
배운 것 없고 서러워
야학과 큰 집을 찾던 형이
지금 나에게 보내온 것은 헛된 맹세

그뿐이었을까

며칠 전 겨울 공사판에서

얼어죽은 뜨내기는

죽음의 영문을 알았을까

한 겨울이 지난 그 전 겨울

개나리꽃처럼 피어나던

흐뭇한 정의 한때를

지금 형은 생각하고 있을까

살다 보면 고생되고 쓸쓸한 일 더욱 많아

더더욱 정이 그립고 애닯은 것을

형은 지금 어디

헤픈 웃음 날리며 부둣가나 거닐고 있는지

낮 내내 아랑곳없이 얼음지치던

쓰러진 조카를 부둥켜안고
형수는 꿈 속에나 형을 본 듯이
저리도 원만한 새우잠을 자고
자정이 가까와 가만히 문을 닫고 나와
나는 형처럼 연탄을 갈았다
별이 보였다

문산

문산에 가까와지며
너의 편지를 읽는다
얼고 언 강바닥
충청도에서 본 까치들이 그새 와 있다
너의 편지도
울울한 국토의 꿈

세월이 가면
어늬 역에서 부서진 한국병의 목청들
우리 산으로 불러나 오리

야근

마지막 수업 오교시를 마치고
아이들이 돌아갔다
운동장 저쪽 철책가에서
빙고모자를 눌러쓴 사내애 서넛
그들이 버리고 간 꽁초 서너 개
가래와 섞여 있고
몇 군데 더러 흘려져 있는
그들의 음모를 감추며
부끄러워 몸 사리는 젖은 달빛들

낮은 촉광의 외등이 비추이는
교사 모퉁이를 발빠른 바람이
비껴 몰려갔다
비어 있는 찬 계단을 밟으며

복도 창 바깥으로 새어나는
등 하나하나를 꺼 나가면서
잠시 만나는 불 같은 어지러움
현관문을 잠그고 돌아섰을 때
캄캄한 복도 가득 흔들어놓는
아이들의 캄캄한 웃음 소리

산하늘 보자

사내 하는 일이 들국보다 못하랴
숨결 소리 고르게 하늘에 퍼지어든
사내 가슴팍 문지르는 시 쓰다
들국지기 전에 문 열어 산하늘 보자

남남북녀

아직은
언 강 풀리지 않은
이 날들 위에서

네가 아니더라도
네가 아니더라도

그쯤에서
나는
정사하고 싶었다

언제까지나 네가 품고 있는 날들이
언제까지나 네가 품고 있는 날들이

강의 이쪽

강의 저쪽

남남

북녀

그쯤에서

흐르기를

꼭 그쯤에서

만나기를

아직은

언 강 풀리지 않은

이 날들 위에서

마장동 참새

나는 조국으로 가기 위하여 달맞이꽃이 되는가
아버지가 거느린 식솔들은
한여름밤을 뜯는 모기 쫓다 엎어져 시들고
배추처럼 시들지 않은 라디오만 살아 있다
새벽 두시 넘어
나는 마루턱에 두 무릎 끌어당겨 턱 괴고
인왕산을 바라본다 인왕산은 안 보이고
달맞이꽃이 되어 내려다보고 섰을까
찬바람 나면 밭 없는 고향에 가야겠고
서울에서 손자들 손보는 외할머니
생전에 눈물 감추시고 밤으로만
새나오는 수도물 청계로 흘러가고
통금 없는 나의 조국은 이제 비무장 지대에서도
무사할까 인공 때 가까이서

멀리서 쏟아지는 콩비소리에 짚더미 속
　머리 묻고 놀래 죽은 외조부
　평생의 난리들과 아버지 꿈 속에
　무얼 보고 있을까 팔공산 빨치산 얘기며
　기억한다 나는 왕조의 구들장이 무너지는 소리와
　햇빛 쏟아지는 황토길 위로 차락차락 순사들의 군
화
　인왕산이 가끔 보이고 잠잠하지만
　양키들의 초콜렛과 빠다에 젖은 혀들은
　잉크 묻은 지폐처럼 잊혀지리라
　잊혀지리라 시든 막내의 잠꼬대 속에

　전철의 시동이 들리고 놀랬는지 외할머니
　일어나 부엌에 나가신다 어디선가 마장동의

참새 소리 짹짹거리고 막내야

학교 가야지 나는 조국으로 가야겠다

한강

제1한강교를 건너면서
서울의 밤눈은 서경적이라고 생각하였다
노량진행의 차량들은 밤눈처럼 뒤로 쏠리고
한강에는 때없이 뜬 폐유와
이름없는 얼굴들과
얼음조각들이 둥둥 떠다녔다
그것은 군산 앞바다의 선창에서
개흙 같은 것들을 쏟아내고 있는 밀물 또한 그러하
였지만
왠지 서울의 밤눈은 아름다와야 한다고
서울의 밤눈은 조금 달라야 한다고 믿는
나의 속과 겉은 다를 바 없었다
이를테면 서울역과 잠실은 다를 바가 없듯
떠나는 자들을 위하여 기차와 버스가 대기하고 있듯

휴식을 위해서라거나 고향 산천의 묘비를 위해서라
거나
　하경하는 애인을 배웅하기 위해서라거나
　한강을 건너야 하기는 마찬가지이고
　누군가 어깨를 짚어 주기를 그리워하는 날
　남산 계단의 흐린 불빛 아래로 뭉턱뭉턱 쏟아져내
리는
　서울의 밤눈은,
　나의 벌어진 구두 안창 속으로 벌레처럼 기어드는
　서울의 밤눈을 비벼 죽이면서
　어제 갔다 온 춘천을 버리고 그곳에서 만난 애인들
도 버리고
　어제 갔다 온 수원을 버리고 그곳에서 산 꽃엽서도
　한강물에 띄워 버리고

불현듯 한탄강이 그리워졌을 때
보이지 않는 한강이여 서울의 밤눈이여
내 가슴에 물결치는 패배여 삶이여

불꺼진 용서의 간이역에서 떨고 있는
나의 시는

언제나 내가 옹색한 날이었다.

아버지가 서울에서 내려오신 날은

마장동에서 쓴 소주 팔아 여비하여

오신 날은, 캄캄한 굴방 속 틀어박혀

맵고 야멸찬 시를 읽을 때였다

당신의 사랑하는 장남의

학점을 계산하고

뒤늦어 졸업하는 무능과 처세를 탓하고

마약과 같은 것이어서, 시와 연애는

사람의 뼈를 갉아먹는 것이니

미간을 찌푸려 아버지는 닥달하셨지만

처음에는 그 말을 북두칠성 보듯 들어넘겼지만

손톱이 길어질수록 곰곰 되씹히는

아버지의 심경을,

뙤약볕 아래 냄새나는 서울 한 귀퉁이
펄럭펄럭 우시장 포장마차에서
소나기땀 쏟으며 벌어낸 구겨진 지폐를 받으며
그날 나는 작심하였다
용서의 시작과 종착역을 늘 보여 주는
몇 권의 시집을 옆구리에 끼고
야간 급행열차로 돌아가는 아버지를 배웅하며
詩시란 언제나 가난한 아버지 곁에 함께하며
고스란히 물려받은 귀한 아버지의 무명옷처럼
질기고 확실한 유산이어야 함을
밑살 빠진 낡은 역사 한쪽 변소 뇨통에서
골마리를 추스리며
지금쯤 삼례역으로 치닫는 열차 속
아버지의 눈꺼풀 위에 내려앉는 잠만큼이나

달콤해야 함을, 시는

불꺼진 용서의 간이역에서

텅 빈 역사 앞 광장에서 떨고 있는 나의 시는

과 녁

비로소 나는

허공에 떠도는 울음 하나를 맞추었다

일시, 허공이 반짝 하고 빛났다

내가 쏘아댔던 무수한 화살들이

계곡 첩첩산중에 흩어져 있었고

달 없는 밤에도

울음 하나를 찾기 위하여

쓰러지며 돌아다닌 그 험한 산중에는

지상에서 쏘아올린 화살들이

파리하게 흩어져 바람에 흔들리고 있는 모습을 보

았다

어떤 것은 고목 등걸에 꽂혀 있기도 하였고

어떤 것은 암석의 차디찬 이마에도 꽂혀 있었으나

나는 울음 하나의 과녁을 맞추기 위하여

눈 내린 벌판을

질퍽거리는 강물 위를 쏘다녔다

그래,

시위를 떠난 화살은 때로

바람 속으로 떠났고

기웃거리며 천상의 문을 두드렸을지도 모른다

장비를 새로이 하고 늠름하게

다시 떠나리라

울음 하나를 맞추기 위하여

비록 그 울음이

내 유년의 잃어버린 울음일지라도

어느 날의 비

— Edith Sitwell에게

오래 동안 밀어둔

빈혈의 잔

이마가 약간씩 끓는

어느 날의 오후

어느 날의 빗속으로

그대가 찾아왔다

지금 그대 망계의 땅에는

갇힌 자유의 목줄을 적시며

비가 내리고

한 40년 비가 내려서

먼 이국의 땅

추운 한국 시인의 펜끝마저

적시게 하고

물방울 맺는 안개로

숨 쉬고 있다

빈 나뭇가지의 숨구멍마다

쓸쓸한 그대의 손길이 스쳐가고

사랑의 노래는 끝이 없고,

Still do I love, still

shed my innocent light.

my blood for thee

그대의 시집을 덮는

어느 날의 비여

어느 날의 더딘 잠이여

가난의 삼단논법

논리학을 들으며

신발 떨어진 내 12월의 가난을 생각한다

강의실 창은 작년의 12월과

재작년의 12월, 입학 당시의

아침에도 끼어 있던 성에가 그대로이나

논리학을 강의하는 H교수는

머리가 하얗게 더 세었다

교양물에서 배우기를

가난은 생활상의 수치가 아니라고 하였다

가난은 단지 불편한 것이라고 하였다

거짓말이다

가난은 나에게 일찍 체념하는 방법과

허무를 주었으므로 거짓말이다

H교수는 동양 철학의 논리의 가난을

동양인의 감성으로 얘기하지 않는다

서양인에 비하여 몇 세기 뒤떨어진

사고의 논리 없음을 시대와 결부하여

젖은 목소리로 흑판에 적는다

시대의 가난의

동양 철학의 논리의 가난의

한국의 백성인 내 논리 없는 12월의 가난의

논리학을 마치고 나가는

H교수의 등뒤에 밀가루처럼

뽀얀 가난이 묻어 있다

장승백이에 내리는 비

잠깐씩 걸음걸이들이 무너지고
아침마다 스타일이 구겨지는
시내버스 차량들 금이 간 귀를 맞대고
서 있는 네 가랑이 사이로
패인 땅을 적시며
내리는 비들

잠 바깥으로 밀려나는 내 잠의 말
몇 개 사랑이나 풀
근교에서 맴돌다
돌아오지 못하여 초조히
불완전한 걸음을 떼며
날아가는 새
아직 포획되지 않은 어둠을 본다

장승백이에 내리는 비는 이상하다

시내 복판에서 젖은 몸이

다시 장승백이 비에 젖으면

젖음으로 더욱 무거워지는

내 잠의 말

사랑이나 풀

아파트 연립주택 등을 비집고

숨은 신(神)처럼 기어드는 비는

온통 내 마음의 비탈을 적셔놓고

아무 것도 못 적시며

장승백이에 내리는 비는

삼류극장에서 닥터 지바고를

문득, 맨가에 쪽 객석에 앉으며
나의 스물 넷을 기다리는 동안
기다리는 이 없이 저 혼자 슬픈
유행가가락 힘없이 꺼지고

관람객 없고 썰렁한 이층에서
씹던 껌을 꼬무려 바닥에 밟아 뭉개고
담배를 꺼냈다 나 혼자만의
우울한 저 겨울 쓸쓸함을
분명하게 확인하며

또 같은 친구가 있었나
겨울의 일부가 잠깐 들어왔다 화면에
숨어 버렸다 어린 날 지바고의 시선으로

화면 가득 찬바람 낙엽 흩어지고
매장되는 지바고 어머니 무덤 속으로
스스럼없이 나는 담배 연기를
피워날렸다

지바고의 얼음처럼 유리처럼 차고
말간 눈 속으로
내 스물 넷이 기웃거렸고
좀처럼 요약되지 않는 사랑이며
유끼아노로 미끄러지는 눈썰매
나는 자꾸 발목이 시려웠다

툭 툭 끊어지는 필름을
모스크바행 열차 통로엔 성긴 빗발이 뿌리고

구석 쪽에선 시야를 가리는 스냅처럼
짓궂은 펼친 손이 어른거렸다

나왔다 마려웠던 오줌줄기를 내쏘며
화장실 창살 밖으로 함박눈이 내리고 있었다
두 시간 십오 분 동안 내 가슴 가득
모리스 쟈르 음악이 거리거리로 풀려나가고
어깨를 맞부딪치며 인파 속으로 사라지는
유리 지바고의 어깨가 보였다
그때 내 스물 넷도 한참 그를 따라가고 있었다